滄海叢刊

野草詞

韋瀚章 著

1985

東大圖書公司印行

行政院新聞局登記證局版臺業字第〇一九七號

中華民國六十六年十一月初版
中華民國七十四年十月再版

© 野草詞

基本定價壹元壹角壹分

著作者 韋瀚章
發行人 莊剛彰
出版者 東大圖書股份有限公司
總經銷 三民書局股份有限公司
印刷所 東大圖書股份有限公司
臺北市重慶南路一段六十一號二樓
郵撥：〇一〇七一七五—〇號

目錄

序

野草詞終於編印成册出版了。這是一個多年以來的心願。現在能夠如願以償，心中自然感到說不出的快慰。

野草並不是什麼奇花異卉，祇是野地上自生自滅的青草而已。我的詩篇而名之爲「野草」，其雜亂無章，不成體統，是可想而知的了。

本來呢，四五十年來所作，實在是不止這一百多篇的。這幾十年來，頻遭禍亂，幾經播遷，財物上我根本沒有任何積聚，所以談不上什麼損失。但平生最寶貴的書籍和所作詩詞雜稿的損失，却是難以估計的。這集子裡所刋印的，祇是些已經作曲家譜過曲出版，或流傳出去，經最近幾年搜集回來的；或記憶所及，重寫出來的；或是未經譜曲的幾篇初稿。大約估計一下，歷年所作的不下三百餘篇，其中經人譜曲的，約佔三分之二以上。而這裏所載，僅是三分之一而已。其餘的都已散失或記憶不起了，這是平生一大憾事。

這裡一百多篇中，有些是抒懷寄興之作；有些是爲編寫中學音樂教材之作；有些是文藝電影的插曲，所以在内容與格調上，都不相同。但每一篇都是透過我的熱情，而且是集中精神來寫的。

許多音樂文藝界親友們，都鼓勵我把這本小册子印行，我纔胆敢把它付印。至少，對這幾位親友們的熱誠鼓勵，有個交代；也可以給親友們留個紀念。讀者們對拙作的批評與指正，當然是衷誠歡迎與接受的。

韋瀚章

一九七六年十二月於香港

玉潤山林

（韋瀚章先生「野草詞」讀後記）

——黃友棣

我愛韋瀚章先生的詩詞，因爲詞中有樂。

細察韋先生的詞作，在內容方面言之，他能深入生活之中，同時亦能跳出生活之外。深入生活之中，故能寫之，且有神韻；跳出生活之外，故能觀之，且有高致。在技巧方面言之，他的長短句法，顯示音樂節奏；他的選韻用字，蘊藏音樂格律；更突出的，是詞內常能提供豐富的音樂境界；只是這個音樂境界，就足以大大的增高了詩詞的價值。

詩與樂，本來就不可分割。德國名作曲家弗朗次說得好，「一首好詩之中，已經隱藏着美麗的曲調」。我國宋儒鄭樵曾經指出「樂以詩爲本，詩以聲爲用」；他認定詩「三百篇」，盡在聲歌，不應只誦其文而說其義。（通志略）。實在，音樂能賦予詩詞以新生命；只要詞中有樂，則詞必更美。荀子有言，「玉在山而草木潤，淵生珠而崖不枯」（勸學篇），實具至理。站在作曲者的立場來說，我敬服韋先生的歌詞成就；更盼詞家與樂人，皆對韋先生的詞作技巧，仔細研究，以期能見、能知、能用。

推行樂教，我們要用音樂來充實每個人的日常生活，這就不得不借助詩詞之力；因爲沒有詩詞的弓，就很難把音樂之箭射進人們的心靈去。我們憑藉歌唱，乃把詩與樂融成一體，獲得直訴人心的通路；慧敏的詩人們，永不把詩與樂分折爲二。

我們常常見到許多只談義理的詩，也見過不少堆砌口號的詞。要把它們作成歌曲，頗似將呆滯的禿山，闢爲公園；雖有可能，但甚吃力。爲具備音樂境界的詩詞作曲，宛如將秀麗的澄湖，供人遊覽；稍加整理，即成勝境。所有樂人，皆重視具有音樂境界的歌詞；作曲者皆愛爲韋先生的詩詞作曲，其因在此。

昔日李笠翁記述他所創製的「尺幅窗」，最能說明樂人對歌詞的觀點：「浮白軒中，後有小山，高不逾丈，寬止及尋；有舟崖碧水，茂林修竹，鳴禽響瀑，茅屋板橋。是山也，而可以作畫；是畫也，而可以爲窗。坐而觀之，則窗非窗也，畫也。山非屋後之山，即畫上之山也」。能將自然美景，窗框之而爲畫，正似將音樂境界，剪裁之而成詞；這是詩樂合一的作品，這是寓樂於詩的歌詞，這是藝人夢寐以求的佳構。吳竹橋題揚州天寧寺，「鈴聲得露清如許，塔勢隨雲遠欲奔」；這是慧耳所聽到的聲音，慧眼所見到的景物；其中的音樂境界，深具魅力。韋先生的詞，常能提供這類音樂境界，極利於作曲者開展。例如，「碧海夜遊」的晚風與浪濤，「日月潭曉望」的恬靜與晨鐘，「鳴春組曲」的杜宇啼聲與黃鶯百囀，「逆旅之夜」的紛亂嘈鬧與夜柝晨雞、步履雜遝，「秋夜聞笛」的悠揚玉笛，「夜怨」的西風鐵馬；皆明顯可見。王摩詰詩中有畫，畫中有詩；李笠翁窗中有畫，畫卽是窗；韋先生則是詞中有樂，樂化爲詞，實堪與古今藝人媲美。

韋先生從事歌詞創作，迄今五十載；當年與黃自先生合作的歌曲「旗正飄飄」，「抗敵歌」，與林聲翕先生合作的「白雲故鄉」，都曾在抗戰建國期中，發揮了無比的樂教威力。今以其多年經驗，提出「詩樂再結合」的呼召，非徒空論，兼以力行，實在彌足珍貴。

韋先生從來沒有單獨刊行其詩詞，屢經朋友們敦促，乃編成這册「野草詞」。這是韋先生印贈親友的版本，並無推廣的意向。現因劉振強總經理誠意邀請，乃將

「野草詞」交由東大圖書公司印行，列入滄海叢刊之內；這是一件值得欣慰之事。

韋先生的詞作，早爲國內海外文化界所重視。一九七三年十一月，中國廣播公司在臺北曾舉辦「韋瀚章詞作音樂會」，同年十二月，香港市政局與香港音專合辦「香港詞曲家作品音樂會，韋瀚章詞作樂曲專輯」。數十年來，無論國內與海外，音樂會內，韋先生詞作的樂曲，數量常列首位。

韋先生近年極力鼓勵青年人努力研究，以期把歌詞創作技術，發揚光大。他每週親到音專，不計薪酬，爲諸生講授創作方法，批改習作，眞是桃李滿門，至足欣慰。昔日陳善學琴，從掩抑頓挫之中，悟出爲文之法，（見「捫虱新語」卷五）；現在憑韋先生之指導，青年詞人們必可從音樂訓練之中，悟出作詞之秘。韋先生的辛勞，必然不會白費。

爲了推行音樂教育，應先培養音樂人才；爲了提倡歌曲創作，應先鼓舞歌詞創作。清代藝人鄭板橋欲聽鳥歌，遂先種樹；他要廣栽綠樹，「遶屋數百株，扶疏茂密，爲鳥國鳥家。將旦時，睡夢初醒，尚展轉在被，聽一片啁啾，如雲門咸池之奏」；這是藝人最佳的設計。種樹就是創作歌詞，我們該種清雅秀麗的樹，而不是乾澀枯禿的樹；我們該作樂境豐富的詞，而不是只談義理的詞。樹林茂密，百鳥自然雲集爭鳴；歌詞豐盛，作曲自然蓬勃開展。

爲了要研究如何纔能作得好詞與好曲，韋先生的這本「野草詞」，可以給我們無限啓示。但願羣山皆藏美玉，好使草豐林茂，色澤清新。

（附記）滄海叢刊「野草詞」付梓之日，韋瀚章先生囑我爲之作序。平心而論，我尚未配膺此榮任。只因作曲之際，我曾把韋先生的詞，精研細讀；千讀之餘，偶有一得，堪向讀者獻曝；遂成此篇後記，可附卷末而已。

丁巳年中秋節夜誌

思鄉

一九三二年春歌詞處女作，黃自合作第一首歌曲。

柳絲繫綠，清明纔過了，獨自箇凴欄無語，更那堪墻外鵑啼，一聲聲道：「不如歸去！」惹起了萬種閑情，滿懷別緒。問落花，隨渺渺微波，是否向南流？我願與他同去。

春思曲

一九三二年春於上海音專，黃自謂此闋極似李清照風格，因作成獨唱曲。

瀟瀟夜雨滴階前，寒衾孤枕未成眠，今朝攬鏡，應是梨渦淺，綠雲慵掠，懶貼花鈿。小樓獨倚，怕睹陌頭楊柳，分色上簾邊；更妬煞無知雙燕，吱吱語過畫欄前。憶箇郎，遠別已經年，恨祇恨，不化成杜宇，喚他快整歸鞭。

春深幾許

一九三二年春，時客上海國立音專。
一九七二年始由林聲翕作曲。

春深幾許，連日東風，吹起亂紅如雨。曾記越台春欲暮，啼鶯翻樹，紅棉正媚嫵。悵前約空留，難覓舊時遊侶。寒食清明，都向愁中消去。閑凝佇，問春光，忽忽別我歸何處？

五月裡薔薇處處開

一九三二年春於上海音專，爲勞景賢譜曲而作。

五月裡薔薇處處開，胭脂淡染，蜀錦新裁。霏紅疑是晚霞堆，蜂也徘徊，蝶也徘徊。五月裡薔薇處處開，不見春來，只送春回。

弔吳淞

一九三二年初夏，一二八淞滬戰役之後作於音專，應尚能作獨唱曲。

春盡江南，不堪回首年前事。到如今，一寸山河一寸傷心地，極目吳淞，衰草黃沙迷廢壘，瀲浦暮潮生，點點都成淚！白骨青燐夜夜飛，可憐未竟干城志

抗敵歌

一九三二年秋於上海音專，黃自作合唱曲。

中華錦繡江山誰是主人翁？我們四萬萬同胞。
強虜入寇逞兇暴，快一致，永久抵抗將仇報。
家可破，國須保；身可殺，志不撓。一心一力
團結牢，努力殺敵誓不饒！
中華錦繡江山誰是主人翁？我們四萬萬同胞。
文化疆土被焚焦，須奮起，大衆合力將國保。
血正沸，氣正豪；仇不報，恨不消。羣策羣力
團結牢，拚將頭顱為國拋！

旗正飄飄

一九三二年秋於上海音專，黃自作合唱曲。

旗正飄飄，馬正蕭蕭，槍在肩，刀在腰，熱血似狂潮，好男兒，報國在今朝！快奮起，莫作老病夫，快團結，莫貽散沙嘲。國亡家破，禍在眉梢。要爭强，須把頭顱拋。戴天仇，怎不報？不殺敵人恨不消！

長恨歌（清唱劇）

一九三二年為嘗試創作中國第一部清唱劇而寫，時於上海國立音樂專科學校，與黃自同事。黃自於半年內譜成七章，餘三章未經譜成而逝。一九七二年林聲翕按新詞作補遺三章。

（一）仙樂風飄處處聞（混聲合唱）

驪宮高處入青雲，歌一曲、月府法音，霓裳仙韵；舞一番，羽衣迴雪，紅袖翻雲。宛似菡萏迎風，楊枝招展，飄飄欲去却回身。更玉管冰絃嘹亮，問人間那得幾回聞？

(二)七月七日長生殿（女聲三重唱；明皇楊妃二重唱）

風入梧桐葉有聲，銀漢秋光淨，年年天上留嘉會，羨煞雙星。

祇恨人間恩愛總難憑，如今專寵多榮幸！怕紅顏老去，却似秋風團扇冷。

仙偶縱長生，那似塵緣勝？問他一年一度一相逢，爭似朝朝暮暮我和卿！

舉首對雙星，海誓山盟：在天願作比翼鳥，在地願爲連理枝，兩家恰似形和影，世世生生。

（三）漁陽鼙鼓動地來（男聲合唱）

漁陽鼓，起邊關，西望長安犯。六宮粉黛，舞袖正翩翩，怎料到邊臣反？那管他社稷残！祇愛美人醇酒，不愛江山。兵威驚震哥舒翰，舉手破潼關；遙望滿城烽火，指日下長安。

(四)驚破霓裳羽衣曲(男聲朗誦)

醉金樽，敲檀板，夜夜笙歌，玉樓天半，輕歌曼舞深宮院，海内昇平且宴安。猛不防，變生肘腋，邊廷造反。祇可恨！坐誤戎機的哥舒翰，稱兵犯上的安祿山。咚嚨嚨，鼙鼓聲喧，破了潼關。諕得人，神昏意亂，胆顫心寒！沒奈何，帶領百官，棄了長安。最可憐！溫馨軟玉嬌慵慣，祇如今，怎樣驅馳蜀道難！

(五)六軍不發無奈何(男聲合唱)

僕僕征途苦，遙遙蜀道長，可恨的楊貴妃，可殺的楊丞相。怨君王，沒箇主張，寵信着楊丞相，墮落了溫柔鄉，好生生把錦綉山河讓，亂紛紛家散人亡。

(六)宛轉娥眉馬前死（楊妃獨唱）

從來好事易摧殘，祇怨緣慳！迴腸欲斷情難斷，珠淚雖乾血未乾。勸君王，淒涼莫爲紅顏嘆，珍重江山！兩情長久終相見，天上人間。

（七）夜雨聞鈴腸斷聲（混聲合唱）

山一程，水一程，崎嶇蜀道最難行；高一層，低一層，恰似胸中恨不平，回首馬嵬驛，但見亂山橫。日漸暝，暮雲生，猿啼雁唳添悲哽！亂旗旌，風搖影，冷雨淒淒撲面迎，慌忙登劍閣，雕鞍且暫停。夜已深，人已靜，瀟瀟雨，淅零零，灑向幽窗，滴响銅鈴，一行行是傷心淚，一滴滴是斷腸聲。風一更，雨一更，孤衾如水夢難成；哭一聲，嘆一聲，有誰了解此時情？心似轆轤轉，嗚咽待天明。

（八）山在虛無縹渺間（女聲三重唱）

香霧迷濛，祥雲掩擁，蓬萊仙島清虛洞，瓊花玉樹露華濃。却笑他，紅塵碧海，幾許恩愛苗，多少痴情種？離合悲歡，枉作相思夢，參不透，鏡花水月，畢竟總成空。

(九)西宮南內多秋草(男聲朗誦)

地轉天旋，幾番寒暑，歷劫歸來，依稀院宇。但見那：花蕚樓高，芙蓉院小，一般的畫棟雕梁，珠簾綉柱；西宮南內秋草生，黃花滿徑添愁緒。怕見那：梨園子弟，阿監青娥，斑斑兩鬢霜如許。祇不見：曲奏霓裳，羽衣迴舞。唉！問玉人何處呀？玉人何處？如今啊！夕殿飛螢，孤燈獨對，舊情新恨向誰語？數更漏，淚如雨！

（十）此恨綿綿無絕期（混聲合唱；明皇獨唱）

淒淒秋雨灑梧桐，寂寞驪宮，荒涼南內玉階空，慘綠愁紅。

悠悠生死別經年，魂魄不曾來入夢。如今怕聽淋鈴曲，祇一聲，愁萬種。思重重，念重重，舊歡新恨如潮湧，碧落黃泉無消息，料人間天上，再也難逢。

憶江南

一九三三年春與上海國立音專師生重遊杭州西湖，時適好雨初晴，試填此處女作，並由黃自譜曲。

西湖好，最好是新晴：垂柳乍分波面綠，行雲纔過遠山青，時節近清明。

蝶戀花

一九三三年春與上海國立音專師生重遊杭州西湖之作，一九五八年經林聲翕譜成二重唱。

十載重來尋舊處，山水依稀猶記當年路，芳草盈堤花滿樹，清明歷亂黃鶯語。拂面垂楊千萬縷，尺尺柔絲欲綰行人住。最是啼鵑牽別緒，聲聲却喚人歸去。

卜算子（寄所思）

一九三三年春所作，經應尚能製曲。

經歲未還鄉，鄉思因人老。屢約歸期總誤期，知道和春惱。
欲待不言愁，翻覺愁多好。俯首捫心細料量，春爲儂顛倒。

夜怨

一九三三年作，於一九七三年經黃友棣作成朗誦，長笛與鋼琴曲。

黃昏且把殘粧卸，又見淒涼冷月，暗移桐影上窗紗。恨寃家，累的儂，撇也撇不開，拋也拋不下。昏沉沉，不思想軟飯甘茶。悶懨懨，不知道寒冬煖夏。數着算着，只望他的人兒早回家。挨着待着，只望他的話兒無虛假。瑟瑟西風吹鐵馬，無端又引儂牽掛。羞對鴛鴦瓦，淚濕紅綾帕，相思也罷，閑愁也罷，這腰圍消瘦了，只爲寃家。

白雲故鄉

一九三八年夏與林聲翕淺水灣海浴時作；並由聲翕首次爲我譜曲。

海風翻起白浪，浪花濺濕衣裳。寂寞的沙灘，祇有我在凝望。羣山浮在海上，白雲躲在山旁，層雲的後面，便是我的故鄉。海水茫茫，山色蒼蒼，白雲依戀在羣山的懷裡；我却望不見故鄉。血沸胸膛，仇恨難忘，把堅決的意志築成壁壘，莫讓人侵佔故鄉！

虞美人

一九四四年，甲申除夕，於廣州。

閑情沒箇安排處，更況廉纖雨。寒窗滴碎幾多愁？纔向眉頭翻了又心頭。

燈前坐待三更後，此味人知否？影兒相伴欲何言！爭奈今宵無計駐流年。

浪淘沙

失眠，一九四四年乙酉春作於廣州，後經台北呂泉生作獨唱曲。

窗外雨綿綿，料峭寒天，清宵夢破枕函邊。也擬隔簾尋夢迹，四望蕭然！往事似雲烟，抵死重牽，渾如幻影轉燈前，去去來來看又盡，幾許華年？

浪淘沙

一九四五年夏七月居番禺縣南之沙灣鄉，風雨交作；且聞日寇擬進駐該鄉。鄉民忿懣，時抗戰勝利消息尚未至也。

風雨正飄搖，暮暮朝朝，蘿青（沙灣最高山名青蘿帳）疑隔幾重綃。堤外瀰漫翻淺浪，漲了江潮。　心緒卷芭蕉，客子魂銷！越清閑處越無聊；最是小樓抬望眼，歸路迢迢。

高陽台

一九四五年，秋夕抒懷，時客番禺縣南之沙灣鄉。抗戰勝利，正待復員。

黃葉翻階，歸鴉繞樹，夕陽斂盡殘紅。寂寞欄杆，又經一度西風。高樓遮斷來時路，問心情，知與誰同？悵流光，來也無聲，去也無踪。

當前事事秋雲淡，算危機過了，壯志成空。尚苦沉吟，爲耽小技雕蟲。此身差幸依然健，便餘生不計窮通。喜如今，聽罷鳴蛙，更聽寒蛩。

浪淘沙

一九四五年初冬，風雨之夜，簡友。

天際亂雲生，雨箭斜橫，朔風頻撼小窗鳴。底事心潮千萬疊，宛轉難平？　黃葉舞空庭，搖落堪驚，寧教大樹也飄零！夜色漫漫羣吠起，我欲關情。

鷓鴣天

一九四五年冬，夜宿番禺縣南市橋鎮逆旅，終宵不寐，枕上偶成。一九七三年由黃友棣譜爲四部合唱。

急管繁絃歷亂聞，諸般色相眼前紛。樓頭纔是殘歌歇，巷內偏傳夜柝頻。

醒也醉，夢耶眞？鷄聲起處又清晨。熙來攘往邯鄲道，各自前程各自奔。

賣花詞

第一節於一九四五年意譯；第二節於一九七六年，梁明鑑約另作新詞。

（一）

日暮天寒，風欺翠袖，賣花巷口人兒瘦。燈兒亂晃，人兒亂抖，晚來料峭春寒透。粉膩脂香，紅燈綠酒，高樓幾處笙歌奏。花容艷麗，春光賤售，聲聲呼喚人知否？紅花也有，白花也有，提籃夜夜街頭走。叫嘶了聲，叫破了口，春光恁賤難銷售。

(二)

朝也澆花，暮也澆花，但願風雨莫吹打。種出鮮花，賣出鮮花，換得金錢好養家。晴也賣花，雨也賣花，辛辛苦苦都不怕。父親栽花，女兒賣花，茉莉玫瑰與山茶。女兒賣花，姐兒愛花，朵朵嬌艷像朝霞。哥兒買花，姐兒戴花，祇選花朵不論價。

一把剪

一九四七年春作於上海滬江大學；並經應尚能作曲。又於一九六三年經林聲翕作曲。

流光似箭，乍過了冰霜時節，又是早春天，看簷前，飛着呢喃一雙燕，紫衫兒帶着一把剪。剪成了千萬朵春花，剪平了千萬里春草，更剪就了千萬縷鵝黃楊柳線。剪罷剪，端的剪不破那料峭春寒，剪不碎那重疊春雲，更剪不斷那無限春愁如亂繭。

西江月

一九四七年夏，滬江即景。

堤外激浦帆影，林間黌宇疎鐘，朝霞暮靄綠陰濃，長合絃歌雅頌。　歷盡紅羊刼火，依然化雨春風。傳研學術貫西東，茁茁奇葩萬種。

浪淘沙

一九四七年十月，讀友人重九日記，感賦此闋，時客上海滬江大學。

節序似奔輪，秋老浦濱。有人樓上欲銷魂，不為新愁不為惱，不為鱸蒓。

滿紙盡酸辛，若箇知聞？判將熱淚化輕雲，飄向南天翻作雨，洒上孤墳。

滬江舊雨

一九四八年於上海滬江大學，用蘇格蘭古調「Auld Lang Syne」。

黃浦江頭柳色新，朝雨浥輕塵，平堤芳草細如茵，今日欲銷魂。送行人對遠行人，無語淚沾巾。音書千里寄殷勤，天涯若比鄰。

黃浦江頭烟欲暝，江水帶離聲。驪歌一曲不堪聽，往事如潮迸。年來問道復傳經，春風座上迎。滬江舊雨最關情，別後長溫省。

新禱文

一九五一年譯The New Invocation（Anonymous）。

求上帝心靈中光華之精英，洞澈人類之心靈，願靈光普照人境。求上帝心田中無邊之慈悲，浸潤人類之心脾，願基督重臨大地。以神聖至尊之旨意，作人類志向之歸依，諸先聖早遵從而莫違。願品類各殊之萬邦，皆得沾慈悲與靈光，並予衆惡之門以關防。惟願靈光，慈悲與神威，重弘聖道於今世。

浪淘沙

一九五三年春寫霧，一九七二年由黃友棣譜四部合唱。

濃霧更陰霾，撥也難開，濕雲低擁入簾來。盡日迷山還障海，望失樓台。　冷暖怎安排？煞費疑猜。東風細雨襲襟懷，莫問故園春信息，莫上重階。

一剪梅

答客問，一九五三年綦湘鏢譜爲獨唱曲。

若探行踪未有踪，來似飄蓬，去似飄蓬。偶然逆旅得相逢，離也匆匆，聚也匆匆。色相皮囊一例空，生又何從？死又何從？猜疑端合問天公，君想難通，我想難通。

蝶戀花

一九五三年爲卜萬蒼之泰山影片公司文藝片「戀春曲」作主題歌，由林聲翕譜曲。

（一）

春日嬌慵春夢覺，輕煖輕寒又是春來了。百囀千聲鶯弄巧，清啼莫道無人曉。

新柳籠烟絲嫋嫋，爲戀遊人故故將人繞。香正濃時花正好，惜春應趁春光早。

（二）

春草如茵花事好，蝶蝶蜂蜂盡日花間繞，却被春光沉醉了，痴迷不管旁人笑。

花易凋殘春易老，休盼明年一樣春歸早。燕子來時人已杳，傷心徒對空梁悼。

懷舊

一九五三年爲卜萬蒼文藝片「再春花」作插曲之一，林聲翕作曲。

彷彿是二八年華，似這般輕暖輕寒時候，幾樹桃花，幾株楊柳，一對對的魚兒，在水面優游。這幽靜的園林，常現着一雙天真的朋友。祇今天呀！舊地重遊，可不是一樣的魚兒，一樣的紅桃綠柳？舊時臺榭，依然在否？可知道舊時遊客，如今重到，瞎了雙眸？休！休！往日的碧水流波，可能再有？一次次的低徊，一陣陣的難受。

清明時節

一九五四年清明，爲林聲翕譜曲而作。

又是清明時節，又是春滿林梢，祇家園信息，望斷今朝。是否一般的綠漲池塘？是否一樣的花開含笑？往日的碧水青山，可有人登高臨眺？風也飄飄，雨也瀟瀟，歸心繚繞，歸路迢遙，把無限的客夢鄉愁，迸作一番低徊吟嘯。

鼓

一九五四年作，經林聲翕作二重唱。一九七六年經黃友棣作四部合唱。

小鼓咚咚，大鼓隆隆，聲音模樣，像個英雄。蒙了別個的皮，挨了別個的揍；還自鳴得意，咚隆咚隆。看它木板撐持，銅釘拼攏，描金點漆，畫綠髹紅；便聲色俱厲，伸起腰來挺起胸。好個英雄！好個英雄！一旦臉皮挖破，薄板劈開，肚裡原來得個空。

我

一九五六年，五十抒懷，一九七六年梁漢銘作合唱曲。

我問天公，到不如捫心問我：五十年來，這歲月怎生渡過？年少才華輕一世，偏逢處處迎頭挫；更況那，連年災難，殘書卷，都遭秦火。凌雲志，早消磨，貧病債，交相禍。祇落得，嶙峋瘦影，短髮蕭疏。祇賸得，衷誠一片，愛人如我。血汗千金隨手盡，强拋心力爲人助，我師從不肯，回頭恨錯；也不管，自身結果。我師古人，祇怕古人笑我。我誤詩書？還是詩書誤我？想一想呀，呵！呵！呵！

浪淘沙

一九五七年爲影片「寒夜」撰主題歌，由林聲翕作曲。

山黑暮雲遮，雨細風斜，翻飛黃葉繞林椏。欲問危巢何處寄？聽盡啼鴉。　舉首自吁嗟，憂恨交加！此生空負好才華。前路茫茫歸路遠，寒夜天涯。

人海孤鴻

一九五七年作電影主題歌，林聲翕作曲。

茫茫人海，我們是人海的孤鴻，失去了家庭的溫暖，捱盡了人間的苦痛，爹娘生我血肉之軀，怎麼沒有爹娘愛疼？莫憂愁，莫悲慟，揩乾眼中淚，鼓起心頭勇，有思想，好運用，有肢體，好作工，甘苦來相共，樂融融！茫茫人海，渺渺孤鴻，我們對生活奮鬥，我們對生命歌頌，必須堅忍毅力，克苦用功。發揚互助博愛，促進世界大同，看未來的世界，誰是主人翁？

放牛歌

一九五七年戲擬山歌爲電影插曲，林聲翕作獨唱曲。

坡上青草綠油油，河上清水流呀流，東風不寒太陽暖，這兒地方好放牛。大牛貪懶樹下睡，小牛愛玩坡上溜，牛兒自在我心寬，吹吹短笛練歌喉。爬上高岡高聲唱，一唱歌兒便忘憂。村姑聽歌四面看，尋聲不覺抬起頭，姑娘你可高興聽？我願爲你唱不休，牧牛郎兒你喜歡？老實説來莫害羞。

送別

一九五七年電影插曲，擬東江民歌，林聲翕作獨唱曲。

送郎送到東江邊，下面江水上面天。郎君要向天邊去，淚如江水落漣漣。

送郎送到東江頭，江水滾滾不停留。郎隨江水匆匆去，矇矓淚眼望郎舟。

郎舟遠去淚汪汪，千點萬滴落東江。滴到東江潮水漲，郎舟越遠越心傷。

旅客

一九五七年夏所作，林聲翕作二重唱曲。

人生像是旅客，走着渺茫的路程，沿途也有伴侶，並不感到孤零。我們湊巧一同趕路，天緣造就這段交情。珍重難得的機會，負起道義的使命，拋却個人的享樂，創造寶貴的人生。撥旺生命之火，挑起希望之燈，從寂寞的角落，挽回那被遺忘的生命。把同情與諒解，澆灌那枯竭的心靈。親手拉住同路的人，等待烟消霧散，重見光明。

秋夜

一九五七年秋夜作，林聲翕作曲。

晴空氣爽，明月秋宵，更看那淡淡的銀河，襯托着星兒多少。西風陣陣，吹過了芭蕉，蕉葉響蕭蕭；吹過了梧桐，桐葉落飄飄。花容消瘦，柳影苗條，露冷欄杆，架上的鸚鵡睡了，苔荒石徑，階下的秋蟲在叫。這般的秋光，我正好撫琴吟嘯；且聽歌聲琴韵，把情懷傳向水遠山遙。

慈母頌

一九五八年電影插曲，林聲翕作獨唱曲。

世上的江海有多深？江海呀難量。天上的繁星有多少？繁星呀難數。江海與繁星，比不了偉大的慈母。說不盡問暖呵寒，眠乾睡濕，但願兒女成人，不怕千辛萬苦。偉哉慈母！大哉慈母！待得兒曹長大，各奔前途，猶自滿懷熱望，倚着門閭。成功的，她會歡欣鼓舞；失敗的，她會溫柔慰撫。慈母的心呀，汪涵如大海，溫煖似熔爐，能教兒女奮發成材，能教浪子回頭醒悟，偉大的慈母！可敬的慈母！

菩薩蠻

一九五九年秋於砂勝越古晉，一九七二年經林聲翕作獨唱曲及鋼琴曲。

黃昏院落芭蕉雨，小窗靜掩人無語。怕見燕歸飛，故將簾幕垂。

小樓今夕夢，欲遣輕雲送。何處是鄉關？千山和萬山。

浪淘沙

一九六一年十二月，由北婆羅洲山打根飛亞庇（即今沙巴州首府，改名哥打堅那巴魯）跨越北婆最高峯（一萬三千四百餘呎）神山，又名中國節婦山。機中口占；一九七五年經黃友棣譜成四部合唱。

低首看神山：雲氣漫漫，懸崖峭壁有無間。起伏岡陵何所似？幾個坭丸。　脚底斷虹彎，斜倚雲端。荒林漠漠水迴環，蛇繞龍騰奔向海，醞釀波瀾。

水調歌頭

一九六四年癸卯仲冬，爲炳章兄花甲大壽作，時客砂勝越古晉。

歲月似駒隙，欲算竟何從？與君幾番離合，花甲又稱翁。我尚栖遲未定，猶向南溟遠去，千里任飄蓬。但得此身在，豈必問窮通！疇昔念，身世感，百縈胸。天涯骨肉幾輩，異地一心同。且喜於今羸健，應自開觥暢飲，判却醉顏紅！翹首關山外，把酒對遙空。

紅梅曲

一九六七年二月，名畫家陶壽伯父女同遊砂勝越古晋，舉行畫展，繪贈紅梅一幀，因作紅梅曲以為報。一九七二年由林聲翕譜為獨唱曲。

久處南溟，渾忘節序如輪，畫圖裡、一枝忽報先春。料舊園窗外，幾經摧折，無限酸辛！怪道鉛華卸了，香腮點點，不是胭脂，應是啼痕。祇如今、夢殘故國，銷盡香魂。何日江南重到，賞橫塘疎影，暗月黃昏。

水調歌頭

一九七〇年，夏夜泛舟港海垂釣，感賦此詞，並由黃友棣作獨唱，合唱曲各一首，定名「碧海夜遊」。

皓月出天際，風動晚潮生，浪花翻起千疊，爭與遠山平。我待乘槎一去，好共魚龍遊戲，空闊任縱橫。仰首作長嘯，胸臆豁然清。思家國，懷舊雨，若爲情！滄桑畢竟幾換？屈指寸心驚。差幸此身碩健，笑憶當年豪氣，跨海欲屠鯨。興發引高吭，一曲和濤聲。

浪淘沙

日月潭曉望。一九七二年五月，初遊台灣，經林聲翕作獨唱曲。

曙色欲迷空，淡紫輕紅，層巒影落翠湖中，疑似山僧同入定，靜歛芳容。窗隙透晨風，睡意還濃；半山禪院却鳴鐘，且聽聲聲傳隔岸：「醒罷痴聾！」

西江月

天祥道中。一九七二年五月，初遊台灣，經林聲翕作獨唱曲。

曲徑飆輪相接，巖邊燕子穿梭，岡陵抱翠石嵯峨，隱約遊人個個。

我愛山容嫵媚；問山看我如何？放懷仰首恣呵呵，引動羣山笑我。

鳴春組曲

一九七三年春為花腔女高音陳頌棉而寫，並由黃友棣作曲。

(一)杜宇

綠水平堤，濕雲擁徑，深宵雨，灑遍平蕪。桃浪沉聲，梨花吮淚，無人處，暗抑欷歔。落寞情懷，悲涼況味，憑杜宇，替人泣訴。故國鄉關，魂銷夢斷，怕聽它：不如歸去！不如歸去！

（二）黃鶯

欲熸還寒，纔晴又雨，春來綠水人家，正輕烟護柳，薄霧籠花。柔枝亂，透新鶯百囀，似銀鈴清脆，絃管嘔啞。且莫問：巧語關關，說些什麼話？但願它，把痴人喚醒，珍重春華。

生活之歌

一九七三年秋爲香港滅暴宣傳而作，黃友棣作曲。

大家同唱生活歌，我們先唱你們和：我們置身在世間，芸芸衆生人與我。萍水得相逢，機緣難錯過。與人相處要謙恭，作事認眞莫懶惰。重禮義，知廉耻，心坦白，氣平和。患難共扶持，守望齊幫助。謀福利，消災禍。他人敬我我敬人，我愛他人人愛我。生活歌，同唱和，大家歡樂笑呵呵！大家歡樂笑呵呵！

野草閑雲

書李抱忱博士「閑雲歌」後，一九七三年十一月於香港；並寄台北李博士作獨唱曲。

你若是閑雲，野草便是我。兩人身世，莫問如何，讀過了聖賢詩書，却不懂聖賢怎作；但教人「之、乎、者、也，」「ㄅ、ㄆ、ㄇ、ㄈ。」經多少風波，受多少折磨！幾十年來，你還是你，我還是我。到如今，名韁利鎖，全都打破，但得淡飯粗茶，不再挨餓，有空時度個曲，唱支歌，心無掛碍，拍掌呵呵！

秋夜聞笛

一九七四年四月，華聲音樂團主持人楊羅娜籌辦音樂會，邀寫歌詞爲女低音吳畹瓊獨唱；並須將李斯曼之長笛及李淑嫺鋼琴同時譜入樂曲（由黃友棣作曲）；且爲節目中之壓軸項目，情趣必須輕鬆活潑云云。遂決定以女低音主唱，鋼琴伴奏，長笛助奏。

似這般冷落秋宵，獨個兒靜悄悄。啊！是誰家玉笛，打斷無聊？那不是「落梅花」，更不是「折楊柳」，也不知何歌何調。但愛它，曲兒精巧，聲音美妙。不能弄管絃隨和，不會寫詩篇吟嘯；祇教人，心飄意蕩，魄動魂銷。吹罷吹，快把我逝去的童心，呼嚕呼嚕吹活了！

愛物天心

一九七四年夏爲台灣中國廣播公司第四屆中國藝術歌曲之夜而寫作之組曲。黃友棣作曲。內容分獨唱曲四首，殿以四重唱作結。除鋼琴伴奏外，並加小提琴，單簧管，長笛及大提琴爲助奏樂器。

(一)春雨（女高音獨唱，小提琴助奏）

正醞暖釀寒，東風料峭；濕雲障野，濃霧連朝。更半空絲影，一片瀟瀟；千里迷濛，洒遍鮫綃。波漾綠綠，土如膏。無聲施潤澤，有意起枯焦。柳線舒青花綻蕊，枝頭吐翠草茁苗。聽！鳥唱新鶯；看！花開含笑。數不盡蜂忙蝶舞，景象嬌嬈。且喜愛物的天心，把萬類生機恢復了！

(二)夏雲(鷓鴣天)(男中音獨唱，單簧管助奏)

淡蕩和烟淡蕩風，騰光山嶽映晴空。浮嵐飛岫看無盡，疊絮堆綿襯幾重。

初尚淺，再而濃，突然天外出奇峰。覆陰載雨消炎暑，萬物同沾造化功。

（三）秋月（女高音獨唱，長笛助奏）

桐落空堦，蛩吟野砌，露珠滴草清姸。薄薄秋雲，點點疎星，淡淡銀河一線。玉輪如鏡，清輝千里，人間共賞晶圓。如許光華，憑誰管領？舉頭欲問嬋娟。

(四)冬雪（男低音獨唱，大提琴助奏）

千林瘦，百草凋，烏雲擁，北風號。陰沉沉的
天空雪花飄。小的像柳絮，大的像鵝毛；飄向
低來下廣場，飄向高來上樹杪。四望皆清白，
景緻眞美妙！飄，飄，飄，黃昏一直到明朝，
把骯髒的世界漂淨了！

(五)天何言哉(四重唱，各助奏樂器爲伴)

向天翹首，一片青冥。細看無形，細聽無聲；無形則顯示大道，無聲則孕育至情：包容萬象，日月羣星；以晝以夜，循環運行。春夏秋冬，時序分明；以寒以暑，萬物長成。雲露霜雪，風雨陰晴；枯榮交替，調節虧盈。天心原愛物，天德本好生，絕無偏私最公平！

青年們的精神

一九七四年四月爲明儀合唱團成立十週年紀念而作。黃友棣譜成四部合唱。

前一浪，後一浪，波濤澎湃，海潮初漲。青年們的精神，像大海汪洋。一浪又一浪，充滿幻想；澎湃呀澎湃，顯示力量。忠信不欺人，潮退復潮漲；把握着時機，快迎頭趕上。心胸寬大，志氣高昂，探求學問，潛心修養。今朝勤砥礪，他年作棟樑。青年們的精神，正待發揚！

鷓鴣天（鼓盆歌）

一九七四年秋深夜雨時，題亡婦遺照，一九七五年由林聲翕譜爲男中音獨唱，編入「鼓盆歌集」。

撒手無言去不還，空留一我在人間。哀愁喜樂憑誰說？冷煖飢寒祇自憐。
思宛轉，淚闌干，幾回看罷又重看。曾知畫裡無尋處，猶欲含酸覓舊歡。

紀夢（鼓盆歌）

一九七四年秋夜，夢亡婦歸來，相對無言，惟飲泣而已，覺後寫此。一九七五年由林聲翕譜爲男中音獨唱，編入「鼓盆歌集」。

一樣的深沉院宇，一樣的寂寞粧台，一樣的她，依稀猶在；一樣的我，祇如今新添了一段悲哀。一樣的含愁無語，一樣的熱淚盈腮，一樣的相看哽咽，一樣的欲訴情懷，一樣的怨恨人天永隔，一樣的痛惜舊歡難再，怎須臾一夢，醒得恁快！一樣的深沉院宇，一樣的寂寞粧台。一樣的她，如今安在？一樣的我，空賦着魂兮歸來！魂兮歸來！

虞美人（鼓盆歌）

一九七五年五月六日，亡婦週年祭。同年初秋，由林聲翕譜為男中音獨唱；並編入「鼓盆歌集」。

槐花吐蕊青枝小，渾覺經年了。黃泉碧落兩茫茫，空待清明過後望重陽。

天堂似否人間苦？有恨憑誰訴？亂雲斜雨又黃昏，且向荒山一問未招魂。

大空歌

一九七四年初冬，贈台北中國廣播公司王大空。林聲翕作混聲大合唱。

上超天外，下越地中，前後相合，左右相逢，既具靈性，不滯影踪。於道無所不悟，於理無所不通，於事無所不達，於物無所不容。襟懷若此，是爲大空。

笑哈哈

一九七五年五月爲香港健康情緒學會而作。黃友棣譜成四部合唱。

笑哈哈，哈哈笑。笑的玩意兒眞奇妙，笑的道理太深奧。每天笑幾場，健康長可保。發脾氣，心兒蹦蹦的跳；動肝火，胸口烘烘的燒。悲傷煩悶教人瘦，愁眉苦臉令人老。不如拋下了憂愁，放寬了懷抱；嘻嘻哈哈笑個飽，輕輕鬆鬆活到老。你想這樣好不好？你說好笑不好笑？笑！笑！笑！張開嘴吧大家笑！

繼往開來

一九七五年十二月，爲思義夫合唱團成立六週年而作。黃友棣譜成四部合唱。

前人創造的重任，今朝放在我雙肩。我們跟着前輩之後，也走在後輩之前。脚根站穩，意志貞堅。不怕潮流的冲激，能耐時間的磨鍊；順應時代的變化，隨同歲月而發展。定要苦幹、力幹、硬幹，達成至眞、至美、至善！

晚晴

一九七五年冬，香港音樂界友好爲我七一初度而印行歌集，以爲紀念。黃友棣所譜拙詞，編入「芳菲集」；林聲翕所譜拙詞，編入「晚晴集」，因作此自度曲，仍由林聲翕譜爲合唱。

盡日陰沉，又喜見濃霾散了，雨也不下。向晚晴空，又祇見幾朵浮雲，幾片流霞，一重重的暗渡明飛，一線線的紅牽紫掛。天外夕陽斜，林外數歸鴉，昂頭的平原幽草，頷首的野地山花，啊！這是誰裝點出這黃昏圖畫？

蝶戀花

一九七六年丙辰中秋，入夜濃雲蔽空，大雨驟至；迨夜深雨止，雲層中漸露清輝。獨自憑欄，感賦新詞：

酷暑將殘秋意又，颯颯西風着臉催人皺。佳節今宵齊仰首；無端陣雨吹來驟。　突破雲層光漸透，借問荒山也照孤魂否？但得伊人情似舊，敢煩月姊傳音候。

四時漁家樂

一九三三年春爲上海商務印書館編撰復興初中音樂教科書而作，黃自作曲。

春

漁家樂，桃花渚，如霧如烟春雨。箬笠蓑衣不覺寒，隨着東風飄去。

夏

漁家樂，蓮花渚，碎玉零珠急雨。青篙蘭縷一輕舟，衝向白雲深處。

秋

漁家樂，芙蓉渚，野鷺輕鷗爲侶。蘆汀葦岸儘勾留，明月清風無主。

冬

漁家樂，雪盈渚，兩岸數聲村鼓。人言時節近殘年，管他幾番寒暑。

睡獅

一九三三年復興初中音樂教材，黃自作曲。

睡獅睡了幾千年，蛇蟲狐鼠亂糾纏；今天吸我血，明天扼我咽。大家欺我老且懦，得寸進尺來相煎。睡獅醒！睡獅醒！莫要偷安眠。皮毛血肉將不全，何須搖尾乞人憐？奮鬬心須壯，復仇志要堅。睡獅醒來威震天，蛇蟲狐鼠莫敢前。睡獅醒！睡獅醒！醒了再不眠。

燕語

一九三三年，復興初中教材，黃自作曲。

君莫問：別來何處？君莫笑，畫梁依坿。君更莫慮舊時巢，受盡風風雨雨。我但願共春同住；我但得主人如故，我便從頭築起新巢，那怕辛辛苦苦。

農歌

一九三三年，復興初中教材，黃自作曲。

春天三月雨綿綿，坭土不燥也不黏。東風吹人不覺寒，辛苦農夫好耕田。柴門外，麥田邊，工作個個要爭先，如今勤力收成好，大家得過太平年。

秋郊樂

一九三三年，復興初中教材，黃自作二重唱。

秋郊樂，樂如何？日映楓林紅似火，風搖衰柳舞婆娑。大家走到溪邊坐，同唱野遊歌。漁夫牧豎都來和，拍掌笑呵呵。

秋色近

一九三三年，復興初中教材，黃自作三重唱。

秋色近，起西風，草萎、花殘、葉落，林疏、水淺、山空。度過嚴霜，挨過寒冬，待到陽春天氣，依舊萬紫千紅。

秋夜

一九三三年，復興初中教材，應尚能作曲。

靜，秋水無痕似鏡。聽！何處漁笛聲聲？丹楓露冷，銀漢澄清，斜掛一輪孤月，稀微幾點疎星。

採蓮謠

一九三三年，復興初中教材，陳田鶴作獨唱；黃自作二重唱。

夕陽斜，晚風飄，大家來唱採蓮謠。白花艷，紅花嬌，撲面香風暑氣消。你划槳、我撐篙，撥破浮萍過小橋。船行快，歌聲高，採得蓮花樂陶陶！

光明的前途

一九三三年，復興初中教材，陳田鶴作曲。

前進！前進！黑夜的行人，勇敢前進。莫怕月色陰陰，莫怕星光隱隱。鼓起雄心，振起精神，跑過夜幕後面，前途便是光明。

憶江南（春光好）

一九三三年，復興初中教材，江定仙作曲。

春光好，風景一番新。滿苑飄香花似錦，幾重迷徑草如茵，忙煞踏青人。

老大徒傷悲

按波希米亞作曲家A. Dvorak (1841-1904)「新大陸交响曲」中之廣板（Largo）填詞，爲復興初中音樂而作，一九三三)。

黃金似的年華虛度過，到今朝衰老纔知悔錯，蕭蕭兩鬢皤，徒喚奈何。瘦影已婆娑，徒喚奈何。雄心壯志早消磨。斜陽景，已無多。暫且蹉跎！

運動會

一九五七年爲編初中音樂教材而作，林聲翁作獨唱曲。

風和日暖，空氣清新，運動會開值良辰。歌聲嘹亮，旗幟繽紛，隊伍整齊如列陣。男女健兒，精神飽滿，心情興奮，爭取錦標不後人。表演要各展所長，競賽要各盡本份，這纔能觀摩技巧，這纔是體育家精神。

春光好

一九五七年爲編初中音樂教材而作，林聲翕作獨唱曲。

春光好，曉起愛新晴，春日融和春日煖，春花春草夢初醒，林外試啼鶯。啊！春光明媚，燕語鶯聲，春回大地，萬物更新。人爲動物，惟物之靈。一年之計在於春，一生事業趁年青。

端陽競渡

一九五七年爲編初中音樂教材而作，林聲翕作獨唱曲。

咚嗆！咚嗆！節屆端陽。咚嗆！咚嗆！嚨咚嗆！堤邊到處鑼鼓响，龍舟隊隊，旗幟飄揚，健兒個個，體魄强壯。發號令，齊划槳，努力！努力！齊努力！咚嗆！咚嗆！嚨咚嗆！咚咚嗆！嚨咚嗆！奪得錦標喜欲狂！

聽雨

一九五七年爲編初中音樂教材而作，林聲翕作獨唱曲。

下雨天，躲在家，清清靜靜坐窗前，聽着雨聲當玩耍。合時雨，不停下，一會兒小，一會兒大。小雨滴嗒滴滴嗒，千點萬點屋上打，好像斷線珍珠，撒在琉璃瓦。大雨嘩啦嘩啦啦，長江大河從天塌，好像怒潮澎湃，捲起萬重沙。一會兒雨停聲歇，又引起青草池塘處處蛙。

登高山

一九五七年爲編初中音樂教材而作，林聲翕作獨唱曲。

登高山，路難跑，劈開荊棘撥開草，一步步的爬，一步步的高。遠望山巔，白雲皓皓，是雲低？還是山高？待爬到山頭，把白雲擁抱。看誰沒有寒衣？便送他一堆白雲，冬天做件大棉襖。好呀好！冬天做件大棉襖。

浪淘沙

植樹。一九五七年爲編初中音樂教材而作，林聲翕譜成二重唱。

春雨又春晴，節近清明，如茵小草嫩芽生。快趁春光猶未老，着意經營。今日盡青青，他日林成。樹人樹木一般情，結實開花誰管得？且待羣英。

迎春曲

一九五七年爲編初中音樂教材而作，林聲翕作三重唱。

風風雨雨，醞釀春光幾許？青青翠翠，點染春光如醉。更況那紫紫紅紅，裝成艷麗的春容。還有那燕燕鶯鶯，唱出清脆的春聲。大好青年，迎接大好的春天。及時工作，及時行樂，趁着春光未老；及時工作，及時行樂，莫待白頭煩惱。

圍爐曲

一九五七年爲編初中音樂教材而作，林聲翕作三重唱。

暮天紅，烏雲擁，北風緊啊雪意濃。歸鴉在哀啼，枯枝在搖動，蕭索的寒夜，師友一堂中，圍爐坐，樂融融，談今論古，興趣無窮。爐子煖，燃料豐；茶香點美，大家享用。火燄熊熊，熱氣烘烘，給人溫煖和亮光，生命的象徵你可懂？

希望

一九五七年爲編初中音樂教材而作，林聲翕作混聲合唱。

我也曾懷着希望，希望像一帶平沙，堆成美妙的圖樣，却受不起灘上的浪潮冲打。我也曾懷着希望，希望像月映輕紗，照澈淡淡的清光，却經不起天外的浮雲變化。我看過冬天一片荒涼，也看過春天百草千花，挨盡酷雪嚴霜，依然抽出新芽。生命是希望的現象，希望是生命的光華。缺乏生命的力量，希望像一帶平沙。沒有生命的信仰，希望像月映輕紗。高深的忍耐和涵養，將開放希望的奇葩。

泛舟

一九五七年編初中音樂教材，綦湘鐐作曲。

休假良辰功課閑，約齊同伴到沙灘，駕小船，
出海灣，風和日煖好揚帆，船行似箭水潺潺。
遠處雲，近處山，天空海闊任盤桓，塵懷俗慮
都忘了，且盡浮生半日歡。

綠滿枝

一九五七年編初中教材，譯英國民歌。

山楂樹春來發芽綠滿枝，有些個高來有些個低。吵嘴的人眞會淘氣，一說高一說低。不如和我唱一支歌兒笑嘻嘻，笑呀笑嘻嘻來，笑呀笑嘻嘻，不如和我唱一支歌兒笑嘻嘻。一二三四五六七八九十；十九八七六五四三二一；一二三四五；五四三二一。

神仙船

一九五七年編初中音樂教材，譯英國民歌。

(一)

我看見一條神仙船，在海上航行慢。因爲它裝了滿載，給我有吃有玩。房裡存滿都是餅乾，糖菓整艙像座山；白銀的絲綢作帆張，燦爛黃金作桅杆。

(二)

一羣水手意氣昂昂，兩排站甲板上。原來都是白老鼠，有金環套肩膀。白毛鴨子當作船長，背心更有珠翠鑲；船員也像個船員樣，「呷呷」號叫把帆揚。

頌聖曲

一九五七年編初中音樂教材，意譯配貝多芬曲調。

諸天宣揚我主無限光榮，全地充滿讚美歌聲。四海萬民，同頌奇妙神明。衆星辰日月，歸祂統領。舉世萬千品類和衆生靈，由祂全能之手造成。無邊的慈愛，無量的大權能，宇宙之內，千古運行。偉哉！大哉！同頌主名。

野花

一九五七年編初中音樂教材用，配孟德爾頌曲調。

(一)

野花裝就淺深黃，帶露迎陽發異光。收集光芒作火炬，夜行不怕道途長。

(二)

野花朶朶像金錢，燦爛芬芳滿路邊。若變眞金千萬顆，農家歲歲慶豐年。

鬥牛英雄

一九五七年編初中音樂教材，譯比才(Bizet)「卡門」歌劇。

鬥牛英雄眞英勇，鬥牛英雄眞英勇，精神奕奕，氣貫長虹，吸引全場觀衆，看人潮洶湧，鬥牛英雄，但願你逞雄風。

軍士進行曲

一九五七年編初中音樂教材，譯古諾（Gounod）歌劇「浮士德」中一曲。

要敬愛我們的老祖宗，要效法他們作大英雄，刀在手，鼓着心頭勇，爲祖國殺敵，爲民衆前鋒。不惜犧牲，打仗衝鋒陷陣，拼個死活，戰勝又要講仁愛和平。大丈夫一定不臨陣逃跑，像懦夫小子，等仗打完了便誇功逞能。要敬愛我們的老祖宗，要效法他們作大英雄，刀在手，鼓着心頭勇，爲祖國殺敵，爲民衆前鋒。

獻心

一九五七年編初中音樂教材，意譯配法國古調。

有誰人了解我煩惱；我心中憂愁向誰告？我的神呀，唯有你垂聽我默禱。失敗時你將我志氣提高；我成功，教我莫驕傲；我迷惑，要靠你的靈光引導。願將我靈魂和身體，獻主前，憑主美意改造。

乙酉歲暮，紅棉早放

一九四六年一月於沙灣

春信偷傳歲欲闌，寒枝先染幾分丹；縱教瀝盡
英雄血，祇作冬園敗葉看。

竹枝詞

一九四六年，乙酉歲暮，咏番禺縣沙灣鄉凋年急景。

（一）打白餅（該鄉特產）

米粉磨成細似灰，糖膠混合入模胚，白餅製來原吃力，咬緊牙關狠命搥。

（二）煮煎堆（沙灣人多富裕，習俗相沿，於大寒前後舂糯米粉，歲暮時調粉爲丸，中實爆穀糖菓，油窩中炸之，外敷芝蔴，謂之「煎堆」。）

大寒一過歲時催，舂粉聲傳似巨雷。媳炒芝蔴婆爆穀，趕忙年晚煮煎堆。

（三）賣揮春（沙中學生於寒假時結伴書春聯鬻之市上，謂之「賣揮春」。）

青年學子走紛紛，攷試完場自己身。你度紅箋我磨墨，大家同去賣揮春。

（四）送財神（該鄉窶人子歲暮時以小紅紙書「財神」二字，沿街叫賣，謂之「送財神」。）

小巷通衢處處聞：街頭天使送財神。利他主義心良苦，爲得人來自己貧！

歲暮贈行路人

一九四六年，乙酉除夕於沙灣鄉。

歲聿已云暮，時光轉巨輪，桃符盡換彩，臘鼓聲催頻。偃仰在斗室，萬事來愴神，問我何所思？所思行路人。道路多豺虎，天邊凝雨雲；四望廣漠漠，羣吠聲狺狺。去去欲何之，孑然此一身？不如早來歸，相敘共夕晨，心房境雖局，亦足生奇溫，尊中有濁酒，世道何足論！

讀廉建中惠毓明伉儷雙棲圖題咏集和韵

時一九四七年一月，抗戰勝利後，獨飛滬江任秘書之職，鸞仍留廣州。

比翼雙栖獨羡君，危巢猶得不輕分。空飛我自憐孤雁，翹首蒼茫看暮雲。

白頭翁

一九四七年二月題畫

揀取高枝且暫留，花陰深處儘優游；向人但說春光好，不道春歸已白頭。

蟬

一九四七年二月題畫

獨引清商自在吟，趨炎逐熱已無心。潔飢不羨

蟑螂飽，抱得高枝愛午陰。

野蔬

一九四七年一月於上海滬江大學。

年來已慣食無魚，偶向寒畦摘野蔬；嫩葉漫誇霜後綠，比將面色又如何？

春雷不雨

一九四七年春四月於上海滬大。

十日春來九日晴，新雷霹靂破空鳴；漫天喜見雲霓佈，點雨何曾澤衆生！

貍奴戲絮

一九四七年暮春即景，時客上海，黃友棣作小提琴曲。

閑看貍奴戲，輕狂最可憐；不知春已暮，檻外撲飛綿。

寒流

一九五〇年一月於上海滬大。

寒流怒撼朔風鳴，衰草殘枝恨有聲。果道天心能愛物，奈何搖落迫羣生？

滄海叢刊已刊行書目(六)

書名	作者	類別
中國文學鑑賞舉隅	黃慶萱 許家鸞	中國文學
唐代黨爭與文學的關係	傅錫壬	中國文學
浮士德研究	李辰冬譯	西洋文學
蘇忍尼辛選集	劉安雲譯	西洋文學
文學欣賞的靈魂	劉述先	西洋文學
西洋兒童文學史	葉詠琍	西洋文學
現代藝術哲學	孫旗譯	藝術
音樂人生	黃友棣	音樂
音樂與我	趙琴	音樂
音樂伴我遊	趙琴	音樂
爐邊閒話	李抱忱	音樂
琴臺碎語	黃友棣	音樂
音樂隨筆	趙琴	音樂
樂林蓽露	黃友棣	音樂
樂谷鳴泉	黃友棣	音樂
樂韻飄香	黃友棣	音樂
水彩技巧與創作	劉其偉	美術
繪畫隨筆	陳景容	美術
素描的技法	陳景容	美術
人體工學與安全	劉其偉	美術
立體造形基本設計	張長傑	美術
工藝材料	李鈞棫	美術
石膏工藝	李鈞棫	美術
裝飾工藝	張長傑	美術
都市計劃概論	王紀鯤	建築
建築設計方法	陳政雄	建築
建築基本畫	陳榮美 楊麗黛	建築
中國的建築藝術	張紹載	建築
室內環境設計	李琬琬	建築
現代工藝概論	張長傑	雕刻
藤竹工	張長傑	雕刻
戲劇藝術之發展及其原理	趙如琳	戲劇
戲劇編寫法	方寸	戲劇

滄海叢刊已刊行書目 (五)

書名	作者	類別
孤寂中的廻響	洛夫	文學
火天使	趙衛民	文學
無塵的鏡子	張默	文學
大漢心聲	張起鈞	文學
回首叫雲飛起	羊令野	文學
文學邊緣	周玉山	文學
大陸文藝新探	周玉山	文學
累廬聲氣集	姜超嶽	文學
實用文纂	姜超嶽	文學
林下生涯	姜超嶽	文學
材與不材之間	王邦雄	文學
人生小語	何秀煌	文學
印度文學歷代名著選(上)(下)	糜文開	文學
比較詩學	葉維廉	比較文學
結構主義與中國文學	周英雄	比較文學
主題學研究論文集	陳鵬翔主編	比較文學
中國小說比較研究	侯健	比較文學
現象學與文學批評	鄭樹森譯編	比較文學
韓非子析論	謝雲飛	中國文學
陶淵明評論	李辰冬	中國文學
中國文學論叢	錢穆	中國文學
文學新論	李辰冬	中國文學
分析文學	陳啓佑	中國文學
離騷九歌九章淺釋	繆天華	中國文學
苕華詞與人間詞話述評	王宗樂	中國文學
杜甫作品繫年	李辰冬	中國文學
元曲六大家	應裕康 王忠林	中國文學
詩經研讀指導	裴普賢	中國文學
莊子及其文學	黃錦鋐	中國文學
歐陽修詩本義研究	裴普賢	中國文學
清真詞研究	王支洪	中國文學
宋儒風範	董金裕	中國文學
紅樓夢的文學價值	羅盤	中國文學

滄海叢刊已刊行書目 (四)

書名	作者	類別
還鄉夢的幻滅	賴景瑚	文學
葫蘆・再見	鄭明娳	文學
大地之歌	大地詩社	文學
青春	葉蟬貞	文學
比較文學的墾拓在臺灣	古添洪 陳慧樺	文學
從比較神話到文學	古添洪 陳慧樺	文學
牧場的情思	張媛媛	文學
萍踪憶語	賴景瑚	文學
讀書與生活	琦君	文學
中西文學關係研究	王潤華	文學
文開隨筆	糜文開	文學
知識之劍	陳鼎環	文學
野草詞	韋瀚章	文學
現代散文欣賞	鄭明娳	文學
現代文學評論	亞菁	文學
當代台灣作家論	何欣	文學
藍天白雲集	梁容若	文學
思齊集	鄭彥棻	文學
寫作是藝術	張秀亞	文學
孟武自選文集	薩孟武	文學
小說創作論	羅盤	文學
往日旋律	幼柏	文學
現實的探索	陳銘磻編	文學
金排附	鍾延豪	文學
放鷹	吳錦發	文學
黃巢殺人八百萬	宋澤萊	文學
燈下燈	蕭蕭	文學
陽關千唱	陳煌	文學
種籽	向陽	文學
泥土的香味	彭瑞金	文學
無緣廟	陳艷秋	文學
鄉事	林清玄	文學
余忠雄的春天	鍾鐵民	文學
卡薩爾斯之琴	葉石濤	文學

滄海叢刊已刊行書目(三)

書名	作者	類別
財經時論	楊道淮	經濟
中國歷代政治得失	錢穆	政治
周禮的政治思想	周世輔 周文湘	政治
儒家政論衍義	薩孟武	政治
先秦政治思想史	梁啓超原著 賈馥茗標點	政治
憲法論集	林紀東	法律
憲法論叢	鄭彥棻	法律
師友風義	鄭彥棻	歷史
黃帝	錢穆	歷史
歷史與人物	吳相湘	歷史
歷史與文化論叢	錢穆	歷史
歷史圈外	朱桂	歷史
中國人的故事	夏雨人	歷史
老台灣	陳冠學	歷史
古史地理論叢	錢穆	歷史
秦漢史	錢穆	歷史
我這半生	毛振翔	歷史
弘一大師傳	陳慧劍	傳記
蘇曼殊大師新傳	劉心皇	傳記
當代佛門人物	陳慧劍	傳記
孤兒心影錄	張國柱	傳記
精忠岳飛傳	李安	傳記
師友雜憶 八十憶雙親 合刊	錢穆	傳記
困勉強狷八十年	陶百川	傳記
中國歷史精神	錢穆	史學
國史新論	錢穆	史學
與西方史家論中國史學	杜維運	史學
清代史學與史家	杜維運	史學
中國文字學	潘重規	語言
中國聲韻學	潘重規 陳紹棠	語言
文學與音律	謝雲飛	語言

滄海叢刊已刊行書目(二)

書名	作者	類別
知識、理性與生命	孫寶琛	中國哲學
逍遙的莊子	吳怡	中國哲學
中國哲學的生命和方法	吳怡	中國哲學
希臘哲學趣談	鄔昆如	西洋哲學
中世哲學趣談	鄔昆如	西洋哲學
近代哲學趣談	鄔昆如	西洋哲學
現代哲學趣談	鄔昆如	西洋哲學
佛學研究	周中一	佛學
佛學論著	周中一	佛學
禪話	周中一	佛學
天人之際	李杏邨	佛學
公案禪語	吳怡	佛學
佛教思想新論	楊惠南	佛學
禪學講話	芝峯法師	佛學
當代佛門人物	陳慧劍	佛學
不疑不懼	王洪鈞	教育
文化與教育	錢穆	教育
教育叢談	上官業佑	教育
印度文化十八篇	糜文開	社會
清代科舉	劉兆璸	社會
世界局勢與中國文化	錢穆	社會
國家論	薩孟武譯	社會
紅樓夢與中國舊家庭	薩孟武	社會
社會學與中國研究	蔡文輝	社會
我國社會的變遷與發展	朱岑樓主編	社會
開放的多元社會	楊國樞	社會
社會、文化和知識份子	葉啓政	社會
財經文存	王作榮	經濟
財經時論	楊道淮	經濟
中國歷代政治得失	錢穆	政治
周禮的政治思想	周世輔 周文湘	政治
儒家政論衍義	薩孟武	政治
先秦政治思想史	梁啓超原著 賈馥茗標點	政治
憲法論集	林紀東	法律

滄海叢刊已刊行書目(一)

書名	作者	類別
中國學術思想史論叢(一)(二)(三)(四)(五)(六)(七)(八)	錢穆	國學
國父道德言論類輯	陳立夫	國父遺教
兩漢經學今古文平議	錢穆	國學
先秦諸子論叢	唐端正	國學
先秦諸子論叢(續篇)	唐端正	國學
儒學傳統與文化創新	黃俊傑	國學
宋代理學三書隨劄	錢穆	國學
湖上閒思錄	錢穆	哲學
人生十論	錢穆	哲學
中國百位哲學家	黎建球	哲學
西洋百位哲學家	鄔昆如	哲學
比較哲學與文化(一)(二)	吳森	哲學
文化哲學講錄(一)(二)(三)	鄔昆如	哲學
哲學淺論	張康	哲學
哲學十大問題	鄔昆如	哲學
哲學智慧的尋求	何秀煌	哲學
哲學的智慧與歷史的聰明	何秀煌	哲學
內心悅樂之源泉	吳經熊	哲學
愛的哲學	蘇昌美	哲學
是與非	張身華譯	哲學
語言哲學	劉福增	哲學
邏輯與設基法	劉福增	哲學
中國管理哲學	曾仕強	哲學
老子的哲學	王邦雄	中國哲學
孔學漫談	余家菊	中國哲學
中庸誠的哲學	吳怡	中國哲學
哲學演講錄	吳怡	中國哲學
墨家的哲學方法	鐘友聯	中國哲學
韓非子的哲學	王邦雄	中國哲學
墨家哲學	蔡仁厚	中國哲學